A MON PÈRE

MORT EN 1849

A MON PÈRE

MORT EN 1849

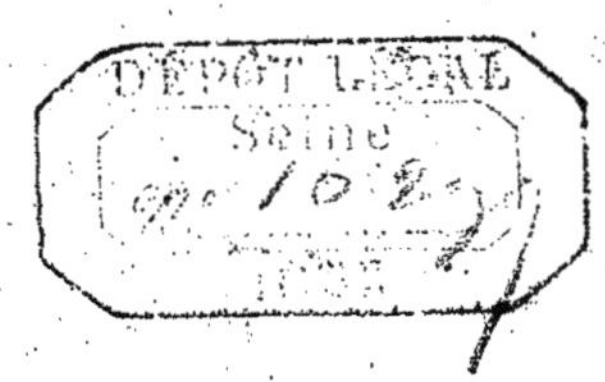

En vain chaque hiver vient dépouiller leurs rameaux,

Chaque printemps les rend et plus verts et plus beaux.

Mais toi, qui tant de fois vis changer leur feuillage,

Grandissant avec eux, ayant en ton partage,

A la feuille nouvelle, honneur toujours nouveau,

Tu dors et pour toujours là bas dans le tombeau.

Tout près de t'y coucher, regardant en arrière,

Et de l'œil évoquant ta brillante carrière :

« Je laisse, disais-tu, soixante ans bien remplis

» D'honneur, de loyauté, donnés à mon pays.

» Je n'ai fait que le bien, et jamais d'injustice ;

» La mort peut le glacer sans que mon front pâlisse !

» Fort de tout mon passé, que me fait l'avenir ?

» Quiconque a bien vécu peut aussi bien mourir. »

Puis, laissant retomber sa tête languissante,

Dans un dernier soupir son âme confiante

S'exhalait doucement... déchirant souvenir !

C'est la blessure au cœur toujours prête à s'ouvrir.

Maintenant, comme alors, ma poitrine oppressée

Me laisse l'œil en pleurs, sans voix et sans pensée.

Pourtant du père au fils la chaîne ne rompt pas,

Elle dure toujours en dépit du trépas ;

Lorsque le père meurt, sa mort est une absence

Dont le doux souvenir et la sainte espérance

Rapprochent les deux bouts, et le jour du départ

Au jour qui réunit se rejoint tôt ou tard.

Je te vois encor calme, en ton lit funéraire,

Comme l'homme de Dieu priant au sanctuaire ;

La mort t'avait marqué d'un sceau presque divin,

Tant était beau ton front si pur et si serein,

Avec ses cheveux gris que soulevait encore

Quelque souffle éthéré venant avec l'aurore.

Tes traits, par la douleur naguère contractés,

La mort, en te touchant, les avait respectés, .

Et leur avait empreint ce sacré caractère

Du sage qui s'endort à son heure dernière.....

Le siècle n'avait plus que quatre ans à courir,

De ses bourreaux la France avait su s'affranchir,

Et, chancelante encor de sa sanglante orgie,

Reprenait à tâtons sa glorieuse vie.

A terre et presque morte, impassible au danger,

Elle avait d'une main rejeté l'étranger,

Et de l'autre en son sein domptant l'esprit rebelle,

Elle se relevait plus terrible et plus belle.

Alors dans l'Italie un jeune général

De la France arborait le drapeau triomphal,

Et déjà préludait à cette grande histoire

Où tout nom de bataille est un nom de victoire.

Du haut de l'Apennin franchissant l'Oglio,

Bonaparte en deux bonds s'élance au Mincio,

A travers vingt combats, où toujours la victoire

Couronne ce héros d'une nouvelle gloire :

Montenotte et Dégo, Millésimo, l'Adda.

Emportée à Lodi, puis le lac de Garda

Conquis à Borghetto, voilà par quel prodige

Les Français en deux mois commandent sur l'Adige.

Le Piémont abattu reçoit avec bonheur

La paix comme la veut son généreux vainqueur.

Milan voit dans ses murs maîtres en Lombardie

Les Français, autrefois les vaincus de Pavie.

Pantelante et blessée, aux sommets du Tyrol,

L'Aigle d'Autriche a fui pour abriter son vol.

Plus d'ennemis ; alors tout tremble en Italie,

Sous cette forte main chaque prince ou roi plie.

Les peuples font cortége au grand libérateur,

A l'envoyé de Dieu qui brise l'oppresseur.

Mantoue, encor debout derrière ses murailles,

Croit pouvoir récuser l'arrêt de vingt batailles.

« Des remparts de l'Autriche écrasons le dernier, »

Dit le chef, désignant Mantoue à Serurier.

A cette voix connue aussitôt tout s'apprête,

Général et soldats, comme pour une fête.

S'avançant lentement par chemins tortueux,

Le canon de la ville a rapproché ses feux;

Le siége est commencé... Voyez-vous sur l'arène

Venir ces voyageurs tout poudreux, hors d'haleine?

Ils arrivent de France : impatients tous deux

De périls et de gloire, ils ont fait leurs adieux

A Metz la vieille ville, où l'école guerrière

Des siéges et combats leur ouvrit la barrière;

Puis traversé la France et le Piémont soumis,

Appelant de leurs vœux les drapeaux ennemis,

Pour qu'un jour de retard, plus loin jour de victoire,

Ne les déshéritât d'aucune part de gloire.

Les voilà sous Mantoue. A demain les combats,

Où l'un des deux, frappé mortellement, hélas !

Tombe... A vingt ans tu meurs sur la terre étrangère,

Malheureux, sans l'adieu, le baiser d'une mère.

L'autre c'était mon père ; il datait de ce jour

Sa glorieuse histoire, inscrivant à son tour

Parmi des noms fameux son nom si jeune encore,

Tout fier de l'avenir dont ce jour est l'aurore,

Idolâtre du chef, ce jeune homme géant,

Bonaparte alors, puis Napoléon le Grand.

Père, ici te voilà de la belle épopée,

Ce siècle de vingt ans, où, par sa forte épée,

Par ses grands citoyens, ses grandes actions,

La France devint grande entre les nations.

De Mantoue aux abois cours à Castiglione ;

Vois Wurmser écrasé sous le canon qui tonne,

Fuyant dans le Tyrol ; après lui le vainqueur

S'élance, et, l'arrachant à cet abri trompeur,

De combats en combats le rejette en la plaine,

Le saisit à Saint-George, et, détruit, le ramène

Dans les murs de Mantoue, où le vieux général

Enfin échappe aux coups de son jeune rival.

A ton tour, Alvinzy, descends dans la carrière,

Arrache l'Italie au terrible adversaire

Qui brisa dans six mois de son poignet de fer,

Comme hochets d'enfants, Colli, Beaulieu, Wurmser.

Mais il faut te hâter, le moment est propice ;

Le héros épuisé repose dans la lice,

Promenant tristement un regard indécis

Sur ses vieux bataillons, dont les rangs éclaircis

Ne peuvent que mourir avec lui pour la France...

En avant : que partout la lutte recommence.

Déjà l'Autriche en toi croit trouver un sauveur,

Vérone t'applaudit comme un libérateur :

Les Français l'ont quittée, on les dit même en fuite.

Volez donc, Autrichiens, volez à la poursuite.

Halte ! quel est ce bruit? Le réveil du lion ;

C'est le canon français sur l'Adige et l'Alpon.

Au milieu des marais, sur vos flancs, par derrière,

Partout autour de vous se dresse une barrière

D'hommes et de chevaux. Gloire à Napoléon !

Dans un théâtre étroit resserrant l'action,

Du nombre son génie a détruit l'avantage

Pour rendre la victoire accessible au courage.

C'est Arcole et son pont : un drapeau d'une main,

Sous les canons tonnants se frayant un chemin,

A travers la fumée et tant de funérailles,

Bonaparte apparaît comme un Dieu des batailles,

Ecrasant l'ennemi sous le fer et les feux,

Et noyant ses débris dans les marais fangeux.

Un troisième soleil sur ce champ de carnage

Se lève; c'en est fait : au génie, au courage

Appartient la victoire ; Alvinzy frémissant

Se retire, épuisé du meilleur de son sang.

Il revient plus terrible, entraînant à sa suite

Des soldats de l'empire une nombreuse élite ;

Un combat de trois jours le brise à Rivoli,

Nom obscur, désormais par la gloire ennobli.

Il voit son lieutenant, pris à la Favorite,

Egalement vaincu. Lors Mantoue est réduite.

En vain pour la sauver l'Autriche a fait effort,

Wurmser ne peut plus rien. Le vieux guerrier en sort,

A Srrurier vainqueur remettant son épée

Et la ville qu'il a vaillamment occupée.

L'Italie est conquise. A ces nobles travaux,

Père, tu pris ta part. Ces glorieux drapeaux

Ombragèrent ton front ; suis-les sur la Piave,

Au Tagliamento, puis par delà la Drave,

Jusqu'à Léoben, où Bonaparte vainqueur

De l'Archiduc, déjà mordant l'Empire au cœur,

Impose enfin la paix à Vienne frémissante.

Beaux jours pour toi ! Voyant la France triomphante,

Ses enfants honorés, tu sens battre ton cœur

D'un légitime orgueil, d'ivresse et de bonheur.

Retourne sur tes pas ; dans la ville éternelle

Un horrible attentat à punir te rappelle.

Rome courbe la tête, et livre sans combats

Par la porte du peuple accès à nos soldats.

Voilà donc la cité jadis reine du monde,

Si superbe en sa force, en héros si féconde !

Débris découronné, reine encor par les arts.

Soulève ton linceul, ô veuve des Césars,

Décerne le triomphe à ces fils de la France,

Comme autrefois les tiens, géants par la vaillance.

Conduis au Capitole, au Forum, ces soldats

Qui de tes enfants morts retrouveront les pas,

Les feront tressaillir au bruit de la victoire,

Et sur leur cendre encor ramèneront la gloire.

Mais jusque là reçois leurs glorieux drapeaux ;

Laisse-les dans tes murs goûter quelque repos,

Errer du Panthéon au Cirque, au Colysée,

D'Auguste et d'Adrien fouler le mausolée.

Que la Rome nouvelle étale à leurs regards

Ses temples, ses palais, embellis par les arts ;

Raphaël, Michel-Ange, initiant la terre

Aux merveilles du ciel...

                              Mais entends-tu, mon père,

Le signal du départ? Les vaisseaux sont tout prêts ;

En mer, vite en mer, pars : c'est l'ordre de Desaix ,

Qui plus tard reviendra pour mourir dans sa gloire ;

Beau nom sorti sans tache et pur de la victoire.

Voici Malte vaincue, où tu rejoins enfin

Le héros d'Italie au glorieux destin,

Suis à travers les mers sa course aventureuse :

L'Egypte est devant toi, terre mystérieuse,

Où tous les noms fameux , respectés par le temps,

Ont trouvé leur écho, terre des conquérants,

Berceau des nations, sépulcre séculaire

Dont les sphynx de granit ont gardé le mystère.

Descends sur cette plage, où de nouveaux combats ,

De nouveaux ennemis vont illustrer ton bras.

Cette ville là-bas est fille d'Alexandre,

Grande cité jadis ; ses palais sont en cendre,

Quelques tours , de vieux murs... Le stupide Croissant

En désert a changé la reine d'Orient.

Là sous un assassin tombait le grand Pompée;

Ici devant César se courbait Ptolémée,

Pâle, implorant merci pour avoir de sa main

Condamné, roi barbare, un citoyen romain.

Plus loin mourait Antoine, aux bras de Cléopâtre;

Là, traversant les flots d'une foule idolâtre,

Maître de l'univers, le futur empereur,

Octave, dans ces murs entrait, heureux vainqueur.

En un seul jour d'assaut Alexandrie est prise.

Puis, quittant aussitôt cette ville conquise,

Bonaparte au désert entraîne ses soldats.

A Ramanieh le Nil vit ses premiers combats

Avec les Mameluks, indomptable milice,

Les meilleurs cavaliers dans la sanglante lice.

A Chebreiss, Mourad-Bey, leur chef impétueux,

Veut en vain arrêter nos bataillons poudreux.

Ses djermes sur le Nil s'éloignent ; la mitraille

Décime ses guerriers, qui du champ de bataille

L'entraînent malgré lui, de rage frémissant,

Tout entier à l'espoir de venger le Croissant.

Aux plaines de Ghizeh voilà les pyramides,

Gigantesques débris, qui des sables arides

Ont arrêté la marche, et d'où « quatre mille ans

» Contemplent les Français au pied des Mokatans ».

C'est là que Mourad-Bey, pour défendre le Caire,

Appuyant des fellahs sa milice guerrière,

Au rivage du Nil tente un suprême effort.

Sur les carrés français, qui vomissent la mort,

Des guerriers mameluks la fureur impuissante

Se brise ; les fellahs, éperdus d'épouvante,

Abandonnent le camp, d'où les chasse la peur,

Pour chercher dans les eaux un asile trompeur.

Là, je te vois, mon père, en ce champ de carnage,

Tête haute, l'œil fier, le cœur gros de courage,

Au devant d'un des beys t'élançant le premier,

Forcer le Mameluk au combat singulier,

Fer en main, corps à corps; bientôt ton adversaire,

Atteint du coup mortel, roule dans la poussière;

Son farouche regard par la mort est voilé.

Son yatagan sanglant, au fourreau ciselé,

Dont le pommeau massif est taillé dans l'ivoire,

Restera dans tes mains le prix de ta victoire,

Et comme un souvenir de la terre d'Isis,

Des tombes de Chéops et du grand Sésostris.

Le lendemain au Caire, au milieu de l'armée,

Par trois cent mille voix en sa marche acclamée,

Tu suis ton jeune chef, « le favori du dieu

» Qui donne la victoire, et le sultan du feu ».

Puis, lorsqu'il reviendra du fond de la Syrie,

Vainqueur au Mont-Thabor des peuples de l'Asie,

Laissant de Nazareth aux rives du Jourdain

Retentir notre gloire en un écho lointain,

Que, donnant en Egypte un dernier coup d'épée,

Aux sables d'Aboukir il foudroîra l'armée,

Dont tous les combattants, malheureux Osmanlis,

Acculés à la mer, seront tués ou pris ;

Sur le champ de bataille, alors, à ton courage

L'illustre capitaine accordant son suffrage,

D'un grade mérité te conférant l'honneur,

En doublera le prix d'un mot approbateur.

Il part... Console-toi, cette terre africaine

Pour toi fera germer une gloire certaine.

Au Bogaz de Lesbeh, quel est ce cavalier

Qui jusque dans les flots fait bondir son coursier,

A travers la mitraille arrachant au carnage

Les restes des vaincus domptés par son courage?

Le Nil le voit encor dans Boulak incendié

Reprenant au Croissant le Caire foudroyé,

Quand d'Héliopolis l'immortelle journée

Montrait Kléber vainqueur à l'Egypte étonnée,

Et l'Asie et l'Afrique ensemble succombant

Sur ce champ de bataille inondé de leur sang,

Et, nouvelle hécatombe en cette antique ville,

Cent mille combattants écrasés par dix mille.

Oh! je te reconnais, mon père! où le danger

Menace, calme, et prompt toujours à t'engager,

Jaloux de porter haut l'honneur de la patrie.

Maintenant, t'enfermant aux murs d'Alexandrie,

Qu'entourent les Deux-Lacs d'un immense marais,

Deux mois tu soutiendras les efforts des Anglais,

Et la fièvre et la faim décimant dans la place

Ses rares défenseurs que soutient ton audace.

Mais nul secours n'arrive ; hélas ! il faut céder :

Les chefs l'ont résolu, voulant sauvegarder,

Pour les rendre à la France, à leur terre natale,

Les braves que grandit la gloire orientale.

Ils vont partir... Un mot, *capitulation*,

Les arrête : « Jamais ! dites *convention*,

» Répondent chefs, soldats, ou prenez notre vie ;

» Nous ne sortirons pas vaincus d'Alexandrie ! »

Quand tu daignais conter, à ce grand souvenir,

Père, comme autrefois je t'ai vu tressaillir !

Les yeux chargés d'éclairs, la lèvre frémissante,

Et d'indignation la voix encor tremblante.

Puis à travers les mers tu disais ton retour

Parmi tes compagnons, portant avec amour

Les cendres de Kléber, que réclame la France,

Les livres et dessins, trésors de la science ;

Par trois ans de travaux, de combats achetés,

Vainement par l'Anglais en traitant disputés.

Je ne te suivrai plus pas à pas dans la guerre

Que promena quinze ans contre l'Europe entière

Ton général, passé de Consul Empereur.

Partout où s'imprimait au sol son pas vainqueur,

Du Rhin à l'Océan, je retrouve ta trace.

Au soleil d'Austerlitz tu prenais bonne place ;

Sous la foudre d'Iéna tu voyais s'écroulant

La jeune royauté de Frédéric le Grand.

Tandis que le vainqueur s'élance à Varsovie,

Te voilà sur l'Oder ; à toi la Silésie,

Breslau, Glogau, Schweidnitz, puis Neiss, Glatz et Kosel.

La Prusse a cessé d'être : elle est toute à Memel.

Pour se rendre Stralsund t'attend sur la Baltique ;

Puis tu cours en Russie, agent diplomatique,

A notre ennemi d'hier, aujourd'hui notre allié,

Plus tard!... au czar porter, en signe d'amitié,

Les conseils de ton art, de ton expérience,

Pour protéger les flancs de son empire immense.

Tour à tour en Espagne, en Russie, au Weser,

L'Ems et l'Elbe, où voisins ils tombent dans la mer,

Fier de justifier l'auguste confiance

Qui donne à tes travaux leur prompte récompense,

Diplomate ou soldat, savant ingénieur,

Partout, comme il le veut, tu sers ton Empereur.

Où tu portais la paix, aujourd'hui c'est la guerre;

Du Niémen le premier tu franchis la barrière,

Voyant fuir devant toi des cavaliers hideux,

Lance au poing, rejetant leur fusil derrière eux;

Mais tu n'as nulle part d'ennemi saisissable

En face à vaincre. Un seul, plus que tous redoutable,

Le feu, paraît sinistre à l'horizon ; il naît

Autour de toi partout, et le désert se fait.

La faim, le fanatisme, aidés de l'incendie,

Voilà quels défenseurs évoque la Russie !

Smolensk ne tombe point cependant sans combats ;

La Moskowa voit fuir ces milliers de soldats,

Impuissants à couvrir la ville infortunée,

Esclave par son maître aux flammes condamnée,

Moscou... terme fatal ! Après, oh ! quels revers !

Quel retour ! que de morts glacés par les hivers !

Ce roi de tant de rois, qui remplissait le monde

De l'éclat de son nom, seul dans la nuit profonde

Le voyez-vous passer rapide en son traîneau,

Des siens à chaque pas heurtant quelque tombeau ?

A Lutzen, à Bautzen, sœurs jumelles de gloire,

Pour la dernière fois te sourit la victoire.

Puis tu défends Hambourg, qui seule aux ennemis

Pendant un an résiste, et, quand tout est soumis,

Refuse d'accepter la défaite commune.

La France est envahie ; au choc de la Fortune

L'Empire craque et croule ; au milieu des débris

Tu restes debout, fier, maître de tes esprits.

Les villes, à l'assaut tu savais biens les prendre ;

Celles que tu défends, tu ne sais pas les rendre :

Ce n'est qu'au roi de France, ouï son messager,

Que tu remets Hambourg, et non à l'étranger.

Le grand drame est fini ; mais tu verras encore

Passer à l'horizon le brillant météore,

Qui s'en ira mourir sur un rocher lointain,

Désormais consacré par l'Homme du Destin.

Des champs de la Belgique aux deux bouts de la France

Retentira le bruit de ce désastre immense.

Un long cri de douleur pour tant de Français morts

S'élèvera... Puis rien! les destins sont plus forts.

Pour la seconde fois d'une horde ennemie

Paris avec terreur subit l'ignominie,

Et tu le vois alors : ce spectacle odieux

Jamais, jusqu'à ce jour, n'avait frappé tes yeux.

Oh! combien tu souffrais! comme ta main crispée

Sans cesse à ton côté fatiguait ton épée,

Quand tu voyais passer ces insolents vainqueurs,

Si long-temps tes vaincus!...

                                        Enfin des jours meilleurs

Succèdent à ces jours de honte et de souffrance.

Regarde autour de toi : c'est encore la France,

Non plus comme autrefois, mais belle d'avenir.

Eh ! que t'importe, à toi, vivant de souvenir?

Tu t'enfermes tout jeune en ton passé de gloire

Avec l'illustre chef qu'évoque ta mémoire,

Faisant renaître encor tous ces jours de grandeur

Maintenant éclipsés par les jours de malheur.

Regardant le présent avec indifférence,

Pour les hommes nouveaux tu n'as que bienveillance.

Jamais prompt à blâmer, jugeant sans passion

Ces changements divers qu'admet l'ambition.

Indulgent à chacun, à toi-même sévère,

Tu fais le bien sans bruit, seulement pour bien faire.

L'injustice et l'oubli sont sur toi sans pouvoir,

Et tu les vois passer, calme, sans t'émouvoir.

Ton nom trouve chez tous respect et sympathie,

Sans jamais éveiller de basse jalousie.

Et, lorsque les honneurs, couronnant tes vieux ans,

Te donneront enfin ta place aux premiers rangs ,

Tu n'entendras partout qu'une voix unanime ,

Echo sûr et flatteur de la commune estime.

A peine, jouissant du fruit de tes travaux ,

Goûtais-tu quelques jours d'un glorieux repos ,

Que tombe sur la France, à ce choc étourdie ,

Des temps de la Terreur burlesque parodie ,

La république... après une sédition

Que transforment soudain en révolution

L'audace de plusieurs, la peur du plus grand nombre.

Le présent, l'avenir, alors tout se fait sombre ;

La France en quelques jours, au dedans, au dehors,

D'une paix de trente ans va perdre les efforts.

Ne pouvant sans dégoût contempler la tempête

Que soulèvent des nains, tu détournes la tête,

Gémissant non sur toi, mais sur ton beau pays,

Par les pères si grand, si petit par les fils.

« C'était donc, disais-tu, pour tant d'ignominie

» Que nous avons vingt ans prodigué notre vie

» Dans plus de cent combats, vaincu tant d'ennemis !

» Mes cinquante ans passés à servir mon pays,

» Les voilà donc perdus ! déchirante pensée !

» Cette moisson de gloire en tous lieux amassée,

» La voilà donc flétrie, abandonnée au vent

» Comme l'épi battu dépouillé de froment. »

Dans ces pensers amers la mort vint te surprendre ;

Sans espoir ici-bas tu ne pouvais attendre ;

Car tu ne savais pas que ton grand Empereur

Du fond de son tombeau ferait naître un sauveur,

Et que, lui mort, son nom deviendrait pour la France

Le cri de ralliment et de la délivrance.

Adieu donc, ô mon père, adieu ! Va chez les morts

Trouver tes compagnons, ces hommes grands et forts,

Qui partout sur la terre ont imprimé leur trace ;

Auprès de l'Empereur ils te rendront ta place.

Te voilà devant lui... Quand au funèbre appel

Nul ne fera défaut, et qu'un glas solennel

De son dernier soldat sonnera l'arrivée :

« Debout, dira le chef, voilà la Grande Armée

» Au complet : vos canons et ceux des ennemis,

» Vos drapeaux et les leurs. Je vous l'avais promis,

» Le triomphe au retour, promesse impériale

» Qu'aujourd'hui je remplis. Dans notre capitale

» Nous rentrons en vainqueurs ; la France à mon décret

» A satisfait : voyez, l'Arc-de-Triomphe est prêt.

» Vos victoires y sont, là vous attendant toutes ;

» Marchez les yeux levés ; en passant sous ces voûtes

» Vous y lirez les noms de tous vos généraux. »

A ton tour près du chef, sous ces vastes arceaux,

Tu passes, ô mon père, et dans leur étendue

Tu cherches vainement ton nom. A cette vue,

Tu reportes ailleurs ton regard étonné.

Mais l'Empereur te voit, il a tout deviné,

Cet oubli, tes regrets... Allons, bonne espérance !

Car, tout mort qu'il est, père, il règne encore en France.

2427. — Paris, imprimerie Guiraudet et Jouaust, 338, rue Saint-Honoré.